私の「私」

鬼束 アンナ

ONITSUKA Anna

文芸社

まえがき

日々、私の、ああだこうだ

この世に生まれた私には、
「ただ」で得たものがある。
それは、
日々、「ああだこうだ」と思案することだ。
何かを見たり、
感じたりする時に、
私の頭の中で繰り広げられる
「ああだこうだ」は全て、
必ず、
「ただ」なはずで、
私のものだ。

でも、
その「ただ」で得たものを、
声に出したり、
書き出して、
私の「内から外」へと送り出した場合、
それはもう私個人から離れた
「何か」となってしまって、
予期せず私以外の人へ作用し、
私の知らない「誰かの内」へと
侵入していく。
どのように咀嚼され、
どのように消化されて、
どれだけが栄養となり、
何が排泄されるのか全く
分からないけれど、
今はあまりその行方を気にすることなく、
ただ、好きなように、

「ああだこうだ」思案して、
吐き出してみようと思う。
吐き出すリズムに沿って、
思うままに言葉の音符を当てて、
好きなように作曲してみたいと思うのだ。
それで出来上がった
「私すぎる塊」の中から、
少しでも共感してもらえる
「音色」があれば幸いで、
そんな人の存在を勝手に一人で想い描き、
嬉しく、
温かく感じたい。
これからも内なるものを外へと送り出す
勇気にしたい。

最初に言うのはなんだけれど、
途中で飽きられるかもしれないのが
ちょっぴり怖くて、
だから最初に伝えたい。

今、
この瞬きの中のあなたへ。

とても「ありがとう」。

目次

まえがき　2
日々、私の、ああだこうだ
ペットボトル　7
頭痛　12
「ホッ」トコーヒー　16
マグロ　21
予定　23
ティッシュ　24
磁石　27
海　32
失敗　35
映画館　38
薪　42
オエタ　49
アイスコーヒー　52
誰も知らない　54
夜行バス　57
孤独　60
ハエ　63
お疲れ「様」　66
寂しさ　69
ランタナ　74
サイダー　78

私から、私の「私」へ　81
砂　粒　85
イノリ　89
彼方から、あなたへ　92
終わりに　94
「あなたと私」
あとがき　97

ペットボトル

いろんなことに疲れてしまって、
グイッと、
ペットボトルの中身を一気に飲み干して、
勢いよくそれをテーブルに置いた時、
ふと、
そのペットボトルに何かを感じた。
そう、
それは、「私自身」を感じたのだ。

グイッと飲み干され、
机に勢いよく置かれたペットボトルが、
まさに、自分に見えたのだ。
ただ、空になったペットボトルを見て、
何の中身もない私……
と思ったのではなくて、
その空のペットボトルを見た時に、
こう感じたのだ。
「満たさなければ」って。

空のままでは一瞬たりとも
放っておきたくなくて、
早く、
とりあえず早く、
すごいスピードで満たさなければって、
直感的に、そう強く感じたのだ。

最近、ふと思う。

誰かのために、
皆のためにって、思って、
自分なりに、一生懸命してきた。
そうするように教えられ、

それが素晴らしいことのように
教えられて……
それも十分に分かっている。
だから、自分の中にあるものを出して、
また、出して、
無いのに出して、
たぶん、出し尽くしたと思う。
それで助かった人もいてくれたと思う。
でも、
私の容量なんて決まっているから、
すぐ空になりそうで、
いいえ、
なっていて、
それを補充する間もなく、
補充する努力すら忘れ、
いつの間にかそれが当たり前になって、
空なのに、

バカみたいに、
空にも気付いていなくて、
ただただ、周りに残る
雫《しずく》のようなものまでも
拭き取って、
絞り出して、
差し出してきたのかもしれない。

でも、
最近ふと、思う。
自分をまずは満たさなければって。
自分の容器をしっかり満たさなければ、
他人のために何ができるんだろうって、
強く、
真面目に思う。

一つしかないペットボトルから、

いろんな人に一口ずつあげて、
いろんな人に一口ずつ飲まれ続けて、
私の中身は底を尽きそうになる。
せっせせっせと中身を補充しようとする
けれど、たぶん、間に合ってなくて、
それで不安になって、
恐怖みたいなのも感じて……
自分がなんだか
よく分からなくなるのだと思う。

だから、ふと立ち止まって、
自分を見つめた時に、
思ったより成長してなかった、とか、
何が成長したのか、とか、
分からなくなるのだと思う。
自分自身は、大切な何かを
感じられなかったと、そう思う。

だから、強く思うのだ。
自分をしっかり満たさなければって。
ただ単純に満たすだけじゃなくて、
車にガソリンを入れるような、
あんな機械的な補充じゃなくて、
自分らしく、
自分の決断したものたちで、
自分のためになるもので、
しっかり満たさなければって、
そう強く思うのだ。

親友のため、家族のため、なんでもいい。
大切なものは自分が知っている。
そんなもので周りは埋め尽くされている。
そんなものたちに
何かをしたい気持ちもある。

だけど、
何もない自分に何ができるんだろって、
真面目に考えてみたら、
思った以上に、今はまだそんなに無いん
だって
気付いた、
案外、自分のためにしてきたことが
少ないんだなぁって、
気付いたのだ。

確かに現実はそんな私の気持ちや状態を
決して
受け入れてはくれないけれど、
待ってくれそうもないけれど、
ただ、
私は私をこれまでよりももっと
満たすために、

空にならないために、
闘いたいと思う。

誰かに何口飲まれようと、
無理に分け与えなくてはならなくても、
そう簡単に空にされては
自分が自分を許せない。
だから、
必死になって、抵抗したいのだ。
勝ちたいのだ。
そう簡単に空にはならないって、
負けないって、
いつも満たされているって、
見せつけたいのだ。
そのために、
しっかりと自分のために、
補充し続けるのだ。

自分のために、中身を満たし続け、
自分のために、今を生きるのだ。
そんな人でなければ、たぶん、
本当に他人のためには
何もできないはず。
まだまだ未熟者だから、
間違っているかもしれないけれど、
だけど、
まずはこんな気持ちで頑張りたい。
そう、自分のために頑張りたいのだ。
そしていつか分かると思う。
自分を満たしたものが
自分だけではなくて、
満たしてくれた多くのものがいたことを。
そして、
たぶん、私はその時に強く思うのだ。
そんなかけがえのないものを、

私が自ら進んで満たしたいと。
そんな日を信じて、
今は私を満たすために、
私のために闘おうと思う。
精一杯、
私というペットボトルを、
「私」でいっぱいに満たしたい、
そう強く思うのだ。

頭痛

私には弱点がある。
それは頭痛だ。
忙しい日々からの解放とともに、
ゆっくりと頭痛が闇から現れて、
休日の目覚めとともに力を発揮する。
頭痛は私の中で、思いっきり遊ぶ。
まるで、私が遊びたい分を
代わってくれているように、だ。

頭痛は、私の悩みの種。
どうにかしたいけれど、
どうにもならない。
コントロールできないものが
自分の中に「も」ある。
嫌なことだけれど、

あるものだから仕方ない。
おかしいのは、いくつか種類があることだ。
薬でスッキリ治ってくれるものもあれば、
全くと言っていいほど、効かない奴もいる。
決まってその頭痛は、
左目の奥がジンジン痛むような感覚で、
小さな音やかすかな光すら、憎くなる。
だからそんな時は、
カーテンも閉め切って、
テレビの電源も切ってただひたすら
耐える。
暗闇の中、一人で頭痛と苦痛と戦う。
いろんなことが懐かしく思える。
たくさんの人が恋しく思える。
ここで、誰にも知られずに
死んでしまったら？
いやなことをたくさん考える。

そして眠りにつく。

目覚めても大抵は、頭痛が続く。
一日で治まればナイスだけれど、
そうはいかない場合もある。
そんな時、
この頭痛は私だけのものじゃなくて、
周りにも迷惑をかける。
休日の頭痛は私だけのものだけれど、
平日の頭痛は、
もう私だけのものじゃない。

恋しかったものたちが、
敵になったような気分で、
世界の全てのものが私を忘れてほしいと
願う。
ふと、これは、
脳が休みを欲しているのかも……
そのサインがたぶん頭痛かもしれない。
主である私は、
その叫びを無視することはできないのだ。
薬を使っても、
結局逃げ切ることはできなくて、
そんな時は大胆に休むのが一番。
だけど、
私に絡んだいろんな糸は、
引っ張り合い、
絡み合い、
巻き合い、
そんな暇を与えてくれない。
それを断ち切ることは、
できないでもないけれど、
世間は、
そんなに単純で極端なことは、

決して許さない、
最も近い人たちでさえも、
たぶん許してはくれないはず。
自分が頭痛に打ち勝つしか、
手立てはないのだ。

ただ、
たまに頭痛をこう思う。
「脳の脱皮」ではないかと。
虫が大きくなるにつれて、皮を脱ぐ。
そんな要領で、
脳もレベルアップする時には、
脱皮をする。
その作業中は、
脱皮しているような感じで、
頭痛を与えて、
主を大人しくさせる。

頭痛が終わるのが脱皮終了の合図で、
その後は少し、
脳がグレードアップしている。
新しいソフトをインストールした
パソコンのように、だ。

そう思おう。
コントロールできないものが私の中にある。
長い付き合いになるかもしれない。
もしも、
思っているような脱皮であるのならば、
もっと前に進める自分になれるのだったら、
許せるかもしれない。

私は、頭痛は嫌いだ。
でも、
前に進み続ける自分であり続ける

ためならば、
私は私の中に在る「コントロール
できないもの」を、
大胆に許そうと思う。
できるだけ憎まずに、できるだけ寛容に。

「ホッ」トコーヒー

私の好きなもの、
大切なものの一つ、
それが、コーヒーだ。
嫌いな人も多いようだけれど、
私にとってコーヒーは生涯の一部だ。

私はコーヒーが好きだ。
インスタント・コーヒーも頑張っている
けれど、
好きで、大切なものだから、
豆の姿から見てやろうじゃないか。
そんな気持ちから、
コーヒーは豆から購入している。

コーヒー豆を挽くと、
心地よい音とともに、
良い香りが漂ってくる。
人は鼻の機能が他の動物より低いと言う
けれど、
コーヒーの香りが分かるから
いいじゃないか。
心地よい香りを感じる程度の嗅覚で
いいじゃないか。
そう思ってしまう。

でも、
豆を挽いたくらいではコーヒーとは
まだ言えない。
まだまだ準備体操だ。
もちろん、挽き加減も大切だけれど、
そんなに皆が皆、コーヒーを大好き
じゃないから、
これくらいで「挽く」はおしまいに

しておこう。

でも、
この、万民に受けていない、

「分かる人だけに良さが分かる」

感じが、いいのだ。

挽き終わったら、
ドリッパーにセットして、
熱湯を注ぐ。
ただ、コーヒーの場合は、「注ぐ」
というより、
大切な魔法をかけるように、
新芽を育てるように、
熱湯を「かけて」あげる。
「の」の字を描くようにだ。
でも、ここで、
最初の「蒸らし」を忘れてしまっては、
美味しいコーヒーは育たない。
最初は少し蒸らしてあげて、
苦みを捨てさってから、
時間をかけて、
数回に分けて、
挽きたてのコーヒー豆に熱湯を
かけてあげる。
そして、
美味しいコーヒーができあがる。
時間をかけてあげるのがポイントだ。
焦らず、じっくりと。
なんでも「すぐ」できる、
それが今のよくある宣伝文句だけれど、
「すぐ」できるものの魅力の効果時間も、
実は案外すぐに、終わるものだ。

かけ終えたら、

飲む前に、まずは、やっぱり、
香りをいただく。
自然と瞼《まぶた》が閉じる。
香りを全身で大きく吸い込んで、
口と毛穴から大きく吐く。
その瞬間、
私の中の大小のゴミが、
一緒に出ていく。
文句を言わずに、出ていく。
出たあとも綺麗に消えて、
目の前からなくなる。
残骸がウロウロするのではなく、
まるで水蒸気になったように、
成仏するかのように、
消えていく。
そして、親指をパチンとは鳴らさなくとも、
そこからコーヒーの時間が始まる。

コーヒーとの一回きりの付き合いが
始まる。

ミルで粉砕された上に、
熱湯で濾過《ろか》までされたコーヒー豆は、
ゴミ箱に捨てられる。
魂と生気だけを一杯のカップに残して、
残りはゴミ箱へと移動する。

軽く口に含む。
程よい苦さと酸味が口いっぱいに広がる。
コーヒーが溶けて、
体に染みていく。
私の体が黒く変化しなくとも、
精神は
コーヒーの魂と生気で満たされ、
確実に心がほぐされていく。

あの、「ホッ」とが、やってくる。
この「ホ」は心のコリがとれた音。
「幸せ時間」が叩いた、ノックの音だ。

ブラックで飲むのもよし。
ミルクを入れるのもよし。
砂糖を入れるのもよし。
アイスで飲むのもよし。
ゼリーにするのもよし。
コーヒーの寛容さが、
それら全てを許してくれる。
どこにそんな飲み物があるだろ？
これぞ、コーヒーの良さなのだ。

でも最近では、
美味しいコーヒーを飲むというよりも、
「眠気と闘う」道具として用いられて
いるような気がする。
それも一つのコーヒーとの接点だけれど、
何よりも、コーヒー自体に好意をもって、
温かく飲んでほしいと思う。

両手で持ったカップから伝わる
コーヒーの温もりを、
大切に感じてほしいと思う。
そんな余裕を
日々の中で作ってほしいと思う。

体に染みわたる
コーヒーの一滴一滴から、
いつまでも幸せを感じられるように、
心がけを忘れないように
したいと思う。

「コーヒー」

名前よし。
香りよし。
味よし。
色よし。
心によし。
私の大切な、生涯の友だ。

マグロ

ふと、
(私は止まれない)
そう思った時に思い出した生き物。
そう、
マグロだ。
カツオやサメもそうだったか……
定かではない。
でも、
最初に思い出したのは、
やっぱりマグロだ。
世間では、
保護指定種にしようという動きが
高まっている。
そんなこともあるからか、
マグロを思い出した。

「止まったら死ぬ」
今の私はそんな気がしてならない。
止まれない構造じゃないから
マグロとは違うけれど、
「感じ」は同じかもしれない。
止まれない。
止まりたくない。
結局は自分が決める……
やっぱり今も、
(止まりたくない)
そう思った。
頑張り続けたい自分でいたい。
多くのものを犠牲にしているとしても、
今は、
今だから、
まだまだできるはずだから、

私は止まりたくない。
そう思い願うのだ。

理由は、たぶん、
マグロよりカッコいいかもしれない。
でも、
世間は保護指定種で、
食卓から消えそうな天然マグロに夢中だ。
私のことなんか知らない。
でも、
そんなんでいい。
自分が止まりたくない。
止めたくない。
それだけなのだから。

そう、
今は、

私が、（止まるもんか！）という決意を、
意地でも、
「止めるもんか！」なのだ。

予定

手帳に予定を書いていく。
何か月も先に予約された予定を、
書いていく。
埋まっていくメモ帳の真四角の空間、
それと同時に、
誰のものなのか分からなくなる手帳。
ふと、
「自分の素直な気持ち」が
書かれていないことに気付いて
出るため息。
外から飛び込んでくるものは、
忘れてはいけないと、しっかり書く。
赤字でしっかり書く。
でも、
「自分の素直な気持ち」は書かない。

好きに、
気ままに、
やっていきたいからだ。
自分を拘束する未来の予定なんか、
自分では作りたくない。
好きに、
気ままに、
やっていきたいのだ。
今日はすごく天気がいい。
そう思った瞬間に、
「美術館へ行く」
そう書き込んで、
行けばいい。
これくらいの予定が、
心地いいのだ。
自分の素直な気持ちに、
予定なんかないのだから。

ティッシュ

何か自然と心が奪われていく。
知らない隙に、
すっと心から心の一部が剝がれて
抜き取られて、
ふわっと漂う感じ、
それはまさに、
ティッシュのようだ。
ティッシュを何気なく、
すっと箱から抜き取るあの感覚、
そう、
少し気持ちいい、
心地いいあの感じは、
まさに私の心から、
心の一部がすっと抜き取られた感じに
似ている。

私の心が、
心地よく摘まれて、
抜き取られていく。
大切な人との出会いや、
どんなことでも今の自分に必要で、
大切で、
貴重で、
そんなものとすれ違ったり、
出会ったりすると、
ティッシュのように私の心から、
心の一部が抜き取られていく。
そして私は、
その抜き取られたティッシュを見つめ、
勝手に一人、
抜き取ってくれた側《がわ》のことを
思い描きながら、
そのティッシュを、

時に何かを優しく包み込み、
時に何かを拭い去り、
時に何か汚いものや不安なものを
染み込ませて、
捨ててもらえたらなと願うのだ。
そんな私の、
勝手な願いを込めたティッシュが、
本物のティッシュ同様に何かのために
お役目を果たし、
その何ものかの手によって直《じか》に破棄され、
わずかながらの心地よさや安堵、
美しさや幸せへの下準備みたいなものに
なれたら、
素晴らしいなと、思うのだ。
私の心というティッシュ箱から抜け出した
ティッシュが、
誰かの嬉しさや悔しさや願いを、

時に、共に受け止め、
時に、共に拭い去り、
そのものの手によって破棄される。
こんな私だから、
せめてそれくらいの役割や貢献が
できたら……
そう思うのだ。
そして、
明確な誰かを心に思い浮かべ、
真に心からその人の幸せを願い、
明るい未来を描く時、
私の心のティッシュ箱の中身は、
さらに枚数を増やし、
厚く重ねられていく……。
そして私は強く思うのだ。
この枚数や厚みという「幸せ」は、

私が受けた、
受け止めさせてもらえたティッシュなのだ。
これまで一枚一枚重ねてきた分、
必要ならば、必要なだけ。
そう、必要ならば、必要なだけ、
たくさん、
大胆に、
無造作に使ってほしいと、
心から願うのだ。
そして、どんなに抜き取られても、
どんな形で葬られても、
私は感じるようにしたい。
「幸せです」とか、
「ありがとう」。
そんな柔らかく、
しなやかで、
潔白で、
温かく、
くすぐったい、
ティッシュのように、
丁寧な気持ちを、だ。

磁石

ふと、思いついた。
人はそれぞれ「磁石」を持っていると。
自分だけが感じることのできる、
心の磁石を持っているのだと。

人は生きる過程で、
無意識にも意識的にも、
いろんなものを引き寄せていく。
自分だけが持つ磁石で、
どんどん　どんどん、
いろんな物事を引き寄せていく。
人は皆、
やはり、そんな磁石を持っている。
自分だけが感じる、
知っている、
大切にする、
そんな磁石を持っていると、
私はそう思うのだ。

引き寄せられるものには、
自ら引き寄せたいと思って
引き寄せたものがほとんどで、
それは大体がたぶん、
飲みたいジュースや、
観たい映画や、
着たい服、
そんなものたちだ。
そんなものはコツコツ貯金すればすぐに
引き寄せられるし、
すぐに満たされるけれど、
どこか引き合いは強くなくて、
心からくっついてほしいと願うような

ものでもなくて、
時が経てばやがて落ちて、
やがて忘れ、
その時々の流行や思いつきで、
いくらでも変わっていく磁力、
そんな感じだ。

ここで私が大切に思い、区別したいのは、
やっぱり心の磁石同士の惹き合いで、
できればそれこそが、
磁力の「最大のパワー」だと信じたい。
高くてキレイな服、
高級で美味しい料理、
いろんなものを引き寄せたいけれど、
人同士の磁力の引き合いを、
心から感じたいのだ。

でも、
この「人」ってのは、
頑張ったからといって引き寄せられる
ものではなく、
惹き寄せられるものでもなく、
こちらがS極なのにN極で応えてくれない
場合も多くて、
めっぽう難しい。
なぜか人との関係はそうはうまく
いかなくて、
悩ましいところだ。
たぶんそれは生きる過程で作り上げてきた
磁石や、磁力の向く方向とかが
皆違っていて、
それを一方通行に引き寄せたいとばかり
思うからかもしれない。

引き寄せたい一心で頑張ったりする
けれど、
人には人それぞれの心地よいリズムや、
歩む幅みたいなのがあって、
簡単にＳ極とＮ極がぴったり合うと
考えること自体が、
傲慢で、安易な考えなのかもしれない。
だから、Ｓ極はＮ極を、
Ｎ極はＳ極を心から理解することが
大切で、
その難しい過程で磁力は方向を
共感しあい、
整えられて、
いつしか惹き合い、
引き合うのかもしれない。

ただ、最近、ふと思う。
必ずしも引き合うことが大切なのかとだ。
相反発するもの、
それをそれと認め、
時に許し、
時に理解し、
受け入れていく。
そういうことが大切なんじゃないかと、
思うのだ。
磁石を合わせることだけに
注視するんじゃなくて、
合わない事実、
それ自体を大切に想う気持ちや考え方、
そういうものも大切なんじゃないかなと、
心から思うのだ。

合わないものを、
自分の中で受け止める努力、

合わないものを、
自分の中で納得させていく努力、
そんなことが大切なのかもしれない。
そしてその過程こそ、
自身の磁力を鍛える方法なのかもしれない。
「私発」の一方通行な磁石をただただ
突き付けるんじゃなくて、
自分の磁石の極に、
ただただ相手を合わせさせようと
ムキになるんじゃなくて、
自分の磁石を常に研磨するためにも、
寛容さと自己鍛錬を欠かさないことで、
いろんなものを惹き寄せ、
引き寄せたいと思う。

人は皆、
それぞれ磁石を持っている。

磁力が合う人、合わない人、
それぞれが今日もどこかで引き合い、
離れ、
前へと進んでいく。

私もそうだ。
自分の磁石に引き寄せたいもの、
そうしたくないもの、
引き寄せてほしいと願うもの、
磁力が合わないもの、
反応もしてくれないもの、
いろいろあるけれど、
そんな全てを受け入れ、
自分の磁石を信じ、
自分の磁力を磨いていきたいと思う。
そして、今日もどこかで期待するのだ。

私の磁石が、
新しいものや、
相反するものと出会えることを。
今、引き合うものともっと惹かれ合い、
ぶつかり合えることを。

そして、
いつまでも剝がれ落ちることなく、
ともに前へと進んでいけることを、だ。

自分自身の磁場を確かめて、
今日も生きていこう。

海

夏は海。
そう思わない人もいるだろうけど、
夏は海、
そうなる。
もちろん、私も海は好きだ。
夏の訪れとともに
好きになるのではなく、
いつも、
どこでも、
海が好きだ。

私は海が好きだ。
でも、
それは海だけを好んでいるんじゃない。
海まで行く道のりから好きだ。

街を出て海に近づく道のりは、
まさに人がヒトへと近づく道。
ゆっくりと徐々に、
自分の中で普段は眠る野生が、
海に近づくにつれて目覚めてくる。
指から鋭い爪が生えない程度、
歯が牙に変わらない程度。
でも、
着実に私の中の野生は
海と共鳴し合いながら、
その眠りを浅くしていく。

私は海が好きだ。
海が生命の出生地なら、
あまり好き嫌いにこだわらなくても
いいのかもしれない。
でも、

大地に住みついた私たちだから、
その衰えた感覚を呼び覚ますためにも
海が好きだ、と言ってしまう。
海は良い、と言ってしまう。
海に行こう、と言ってしまう。
声についつい出してしまう。
そうすることで、
海が自分に入ってくる。
これは海に行く前の、
心の準備体操でもあるのだ。

海は、そのものもいいけれど、
砂浜もいい。
海に入る前の通行手形のように、
砂浜に残る自分の足跡、
それはまさに自分の成長を
映し出しているかのようで、

あまりにも広大な海に入る私の
小《ち》っぽけさを、
ただただ教えてくれる。
そんな誰のどんな通行手形も
おかまいなく、
きれいにさらってしまう波。
ここはもっとも平等な場所かもしれない。
海の前では皆が平等なのだ。

海。
その広大な水槽は、
数多《あまた》の生き物のキッチンでもあり、
寝袋でもあり、
銀行でもあり、
遊園地でもあり、
ブラックホールでもある。
そんな海は、

ただただ青く、
それ以上を表面からは伝えてくれない。
知りたければ己が赴くまで。
与えられ育てられた私を、
海はただただ突き放し、
でもとても澄んだ青い目で見ている。
その青は海の魂。
澄んだ魂の色だ。

風が潮の香りを乗せている。
これまでも、いつまでも、
変わらない香り。
強く、美しく、頼もしい香り。
そしてまた思う。
私は、
やっぱり、
海が大好きだ。

失　敗

たまに、ふと思う。
失敗すると書いて、「人」だと。
人は失敗を未来にたくさん予約している。
だから、予約されたたくさんの失敗が、
私をめがけて、やってくる。
きっとそうで、
だから、
失敗すると書いて、「人」なのだ。

できるだけ失敗はしたくない。
誰もが思うことだ。
失敗だけは避けて生きたい。
誰もが思うことだ。
でも、不思議と思う。
私の中にいま在る「失敗」という

メモリーを消去したなら、
それ以上に鮮明に残っている思い出が、
あまりないと。

なぜか失敗は嫌なのに、
それは、深く記憶の奥に居座り、
時にその思い出は、笑いさえ作る。
愛おしささえ感じる失敗もある。
失敗した時は、
あんなにも恥ずかしくて、
耐え難くて、
悔しいのにだ。
二度としないと誓うのに、
また、誓わされるのに、だ。
日々、失敗の繰り返し。
未来からやってきた失敗は、

回避できるわけもなく、
私に、衝突する。
あと何万、
何十万回も大小の失敗をしながら、
年をとり、
やがて私は死んでいくのだろう。
よく考えると、
人の死も失敗なのかもしれない。
私自身が、
私の中の細胞が、
私に宿る魂が、
はたまた、見ず知らずの誰かが、
失敗を起こした結果、
「死」がやってくるのかもしれない。
そう考えると、
生まれてくるということは、
何よりも大きな「成功」で、

そこには失敗一つないのかもしれない。
今はそう思い、納得したい。

成功して生まれた全てが、
この世で失敗を繰り返し、
やがて果てていく。
でも、
その失敗の数々は決して無駄じゃなくて、
私を少しでも良くするための
未来からの贈り物。
日々を自分のものにするのは楽じゃない
と教えてくれる師匠。
貴重な存在じゃないか。
だから、
「失敗を恐れるな」
こんな一般的に言われる、
ありきたりな言葉を、

でも再度、
私の心に刻もう。

人は成功として世に生まれ、
未来に予約した失敗が、
予期せず私に向かってくる。
だけど、
その失敗を恐れるな。
良い未来と出合うために予約された、
私への贈り物なのだ。
だから、
失敗を恐れず、迎え入れよう。
それが、「ポジティブ」を生み出し、
成功を育む、
大切な公理なのだ。

映画館

私の住まいの目と鼻の先に映画館がある。
それは、私の自慢だ。
私は映画が大好きだ。
そこに一点の曇りもない。

映画館に行くと、
いつも新しいものに満ちていて、
新しい映画との出合いに、
胸の高鳴りも最高潮になる。
大人でもすぐドキドキできる場所、
それが映画館だ。

映画館は、
常に映画を子どものように抱え、
私はその新しく生まれた子どもを
愛《め》でにいく。
そんな気持ちで映画を観るものだから、
終わったあとに、
「駄作だった」とか、
「損した」とかは決して思わない。
そんな子どもがいないように、
映画も同じ気持ちで接しているからだ。
映画館が抱えた子どもは、
全て可愛く愛《いと》しい。

映画を映画館で観ると、
皆でその良さを共有した気になる。
するとその良さが増幅されて、
私をいっぱいに満たしてくれる。
それは感動とか喜びとかそういうものに
なって、いつまでも消えない。
一生、忘れられないものになる。

私の魂がエネルギーを得たように、
躍動する。
心の治療薬、
心のマッサージ師、
それこそが映画館で観る映画なのだ。

私の住まいの目と鼻の先に、映画館がある。
レイトショーまでするのだから、
映画館は大忙しだ。
しかも、最近ホームシアターなるものが
流行っているから、
映画館も大苦境。
運営が難しいなんて、可哀そうだ。
「映画を観るには映画館へ」
もっと、そういう文化が根付くべきだ。
私は映画館で観る映画が大好きだ。

多い時には月に7回ほど訪れる。
あの携帯の電源をオフにした時の解放感、
徐々に暗くなる劇場、
未来に行われる映画の宣伝、
全部大好きだ。
どんな人が来ているのか
少し観察するのも、
私の秘かな楽しみだ。

あっとここで、
ぜひ言わせていただきたいことがある。
私は映画のチケットをできるだけ
前売り券で買うことにしている。
前売り券は安いだけでなく、
前売り特典が付いている場合が多い。
それを集めるのが大好きだ。
またまた前売り券を買うと、

それが一つの目安になって、
上映日までは
一日を一生懸命頑張ろうという
目標をたてることができる。
未来にご褒美を予約したようで、
嬉しく楽しい気持ちになる。
またまた前売り券を買っておくと、
例えば劇場でチケットを買う場合、
やや言いにくい、
言うに恥ずかしいタイトル
（私の場合は幼い子が見るような映画の
場合）
の映画でも、
スムーズに事が運ぶ。
気持ちよく発券されるのだ。
またまた、観終わった場合は
その前売り券の半券をとっておくと、

良い思い出になる。
もしも、子どもができて
子どもも映画好きになったなら、
そんなのを見せて自慢できるかもしれない。
またまた、数十年経った後に、
「なんでも鑑定団」に出すと、
かなり高値がつくかもしれない。
またまた……想像は膨らむばかり。
前売り券は良いことばかり。
本当に大好きだ。

私は映画館で観る映画が大好きだ。
できれば全て観に行きたいけれど、
そんな金銭的余裕が残念ながらない。
でも、映画館でも6回見れば
1回「タダ見」ができたり、
努力もしてくれている。

もちろん、その気持ちに一点の曇りもない。
住まい探しの極意はそう、
やっぱり、映画館が近いことだ。

だから、みんな、
できるだけ映画館へ行って、
映画を、映画館を
盛り上げてやろうじゃないか。
映画を作った監督や俳優、
スタッフのために。
映画館を建設した作業員のために。
運営している会社のために。
働いているスタッフのために。
出口で待っている
タクシー運転手のために。
周りで経営している
シャレた飲食店のために。
可愛い子どもを抱えた映画館のために。
みんな、愛でに行こうじゃないか。

私は映画館で観る映画が大好きだ。

薪

人には、
生まれた瞬間から熱がある。
氷のような塊で生まれてくるんじゃなくて、
温かさを内に宿してこの世に出る。
逆に、
死んだ時は冷たくなるみたいだけれど、
生きている時は誰しもが温かい。
心地よいほどの温かさを、
全ての人が持っている。

人は、温かい。
寒い日に走れば湯気が出るほどに、
人は皆、等しく温かい。
誰しもが同じくらい
発熱をしながら生きている。

誰かさんは20度くらい、
誰かさんは56度くらいとかじゃなくて、
大抵は35〜37度くらいの
温もりを持っている。
しかも、私たちは、
そんな温もりを常に維持している、
動物界では珍しく温かい生き物なのだ。

でも、
普段はその授かった温かさ
(以下、「宿り熱」と呼ぼう)に、
なかなか興味を持てなくて、
実は、
私(たぶん、私たち)が興味のある
温かさは、
そう、「情熱〜」だとか、
「心の温もり〜」だとかだ。

体温計では決して測れない、
難しい方の、
非科学的な方にある、
そう、ハートの部分の熱
（以下、「こころ熱」と呼ぼう）だ。

病気で「宿り熱」が上下した時よりも、
「こころ熱」の上下の方が、
皆には関心があって、
その上下加減によっては、
時に疑われ、
時に喜ばれ、
そして、時にそれによって人生を
左右されたりする。
不思議と「こころ熱」は
自分のものだけじゃないようで、
第三者によく影響される場合が多い。

だから、
この「こころ熱」は大変やっかいで、
「宿り熱」のように常に一定の温もりを
保ってはくれない。
急激に上昇したかと思うと、
途端に急激に冷えたりして、
はたまた一定の温もりを保つだけでは
満足できず、
大きな温もりの変動を楽しんだりもして、
それが後に「喜び」や「笑い」になったり、
はたまた予期せぬ頃に
悪魔のようになったりもして、
人生に物語を添えたりする。
コントロールが難しい熱だけに、日々悩
みの種なのだ。

少しああだこうだ言ってしまったけれど、

自分はどうなのか？　って、やっぱり
そう思う。

私は、36・1度の「宿り熱」をいつも
持っている。
ただ、「こころ熱」の温度は
よく分からない。
そんなものを測る体温計も売ってない。
売ってないということは、
たぶん、
売り買いするようなものではないのだ。
でも、
私の中にも確かにある「こころ熱」は、
真冬でも時に温かく、
真夏でも時に冷たい。
まこと身勝手な熱だ。

喜びや幸せに満ちた生活は、
そんなに簡単に手に入らない。
「こころ熱」が簡単に上がれば、
そんなキラキラしたものは
大抵くっついてきてくれるけれど、
例えば、見ず知らずの人に、
「一〇〇万円あげるから上げてよ」
っていきなり言われても、
そんなに簡単には上げられない。
「こころ熱」には、
自分しか知らない、
自分しか見つけることのできない、
純粋な「薪」が必要なのだ。

くすぶる「こころ熱」を勢いよく
燃やすには、
そう、やっぱり、薪が必要だ。

それぞれ、薪の種類や形もちがっていて、
それを皆が自分だけの持つ嗅覚と直感を
頼りに、日々、探している。
見つからない時はやっぱり辛くて、
見つかってもたちまち失う場合もあって、
大抵は目の前にあるのに気付かなくて、
でも、時にはあえて世界の向こう側に
あるくらい遠くの薪を拾おうとしたりも
して、
本当に人それぞれで、
だから、「十人十色」ならぬ、
「十人十薪」だ。

私は小さな薪はよく拾う方だけれど、
大きな薪は
そんなに滅多に拾ってこられない。
だから、

小さな薪は分け与えたりできるけれど、
大きな薪は怖くてあげる勇気がない。
自分を燃やすのに精一杯で、
人の窯までは関心がいかないのだ。
そんなことで悩んでいると、
せっかく拾った薪はすぐに燃え尽きて、
「こころ熱」は冷めはじめたりする。
まこと厄介な熱なのだ。

少しの温かさを得るために、
私はよく小さな薪を拾いに出かける。
小さな薪は
お金でも得ることができたりするから、
少し自分を温めるために、
お金を出して薪を買う。
オシャレなカフェだとか、
面白い本だとか、

そんなものたちを自分の窯に放り込む。
少し「こころ熱」は上がる。
でも、すぐに燃え尽きて、
灰がたまる。
積もった灰の掃除はなかなか厄介で、
面倒くさい。
でも、
日々この繰り返しを続け、
いつしかそれに慣れてしまって、
それを「平熱」と勘違いして生きてしまう。
だからといって、
大きな薪を得ようものなら、
やがて責任をとれないような
灰になるようで、
泥臭そうで、
重たそうで、
だから、

小さな薪を今日も拾いにでかけるのだ。

そうやって、
自分だけの薪探しに努めていると、
ふと、
たまに、
望んでもいないタイミングで、
窯の前へ薪が置いてあることが
あったりして、
そんな薪は時に燃えにくいけれど、
時にすごく長持ちで、
芯まで温めてくれる。
安易に手に入るもので上昇する
「こころ熱」とは違い、
深く染みわたるような温もりで、
幸せな気持ちに満たされる。
そんな時に思う。

結局、私のできることなんか
すごく小さくて、
パワーやエネルギーも弱っちくて、
だから、
人は人によって最も温められるのだ、と。

人は生まれながらに
熱を持ってこの世に出る。
その熱さえも両親からの贈り物。
たぶん、「こころ熱」もそうだ。
それを大切に守りながら、
時に分け与え、
時に得ながら、
少しずつ大きく育っていく。
人は人の温もりにめっぽう弱くて、
それを知れば知るほどに
誰かと寄り添って

互いに温め合いたいと願う。
それは叶わない場合も多いけれど、
そんな温もりへの想いを抱きながら、
日々、一歩一歩前へと進んでいく。
自分一人の薪探しも良いけれど、
そんな時に得る薪は大抵が同じサイズで、
でも、人から得た薪は不格好でも、
なぜか温かく長持ち。
そんな薪が多いほど、
なぜか幸せで、
強くなれるような気がするのだ。
そしてやっと、踏み出せる。
自分の薪をもキレイに差し出す勇気を。

「こころ熱」は厄介なものだけれど、
人生の冷え性を防ぐためにも必要な、
かけがえのない、

気持ちいい熱なのだ。

こんなご時世だけれど、
まずは「こころ熱」を差し出す
「勇気」という熱を、
自分の薪で作ってみよう。

オエタ

いろんなことをオエタ。
私が、終わらせたのだ。
だから、「いろんなことをオエタ」と、
今は思う。
でも、まだ「ナシトゲタ」とは言えない。
ただ、「オエタ」と、思うのだ。

でも、ふと、
この「オエタ」をマジマジと観察すると、
「オワッタ」とスッキリ思えないことに
気付く。
それは、
自分が自ら始めたことだとしても、
自分の知らない間に、他の人やいろんな
ことが絡んでくる。

だから、私が「オエタ」と静かに呟《つぶや》き、
棺《ひつぎ》に納めて亡きものにしようとしても、
そのオエタは、魂の帰還を待ち続ける
ミイラのように棺の中で塵《ちり》とはならず、
浄化しない呪縛霊《じゅばくれい》のように、
時に耳元や背後に現れて、
私が自ら始めたものを、ただ単純に
「オワッタ」と思わせてはくれないのだ。
そう大声で、叫ばせてくれないのだ。

私は、
いろんなことをオエタはず。
でも、オエタは「私基準」の
オエタであって、
だから、私はこの3文字の呟きの前に、
「ダキョウ」のお札を貼り付けて、
オエタを棺に納める。

「タブン」オエタ。
「ホボ」オエタ。
「イチオウ」オエタ。
「トリアエズ」オエタ。

でも、こんなお札で蓋《ふた》を
閉じてしまったことによって、
「成仏できないオエタ」が、
私から外へと出ては行かず、
むしろ中に沈殿していく。

私は、
いろんなことをオエタ。
でも、まだ、それをナシトゲタとは
言えない。
果たして、誰がオワリを決めるの？

私？
今もそう自問自答を繰り返しながら、
オエタを数え、
オエタを疑い、
私はまた今日も
私の「ハジマリ」という駅に向かう。
ダキョウによって生じた
成仏できないオエタを量産しながら、
それらをカバンに詰め込んで、
今日もまた、
路線検索できない線路の上を
歩いていくのだ。
真に「オエタクナイモノ」との
出合いを探すために、
誰にでも自負できるような
「ナシトゲタ」を味わうために、
捨て切れない「オエタ」で

パンパンになったカバンを
肩にかけながら、
今日も、
明日も、
明後日も、
歩き続けるのだ。

アイスコーヒー

アイスコーヒーの、
その中の氷、
それは冷やすために入れられたもので、
その氷はゆっくりと、
徐々に、
解けていく……。
そんな姿を見ながらふと思った。

時に、
私の前にあるもの、
ぶつけられたもの、
移植されたもの、
理解できなかったもの、
そんなものは、アイスコーヒーの、
その中の氷のように、
少しずつ解けていって、
その少しずつを私は飲み込んでいって、
いつか知らない間に私の中で
蓄積されていって、理解できるものに
なるんじゃないかなって、
そう、感じたのだ。

アイスコーヒーの氷は、
急には解けてなくならないけれど、
その役割を果たしながら、
徐々にコーヒーに馴染んでいく。

そう、私がコーヒーなら、
そんな氷は凄く大切なものだ。

だから大切なのは、
時に私の前にあるもの、

ぶつけられたもの、
移植されたもの、
理解できなかったもの、
そんなものを、
すぐにはねつけるんじゃなくて、
ゴミ箱に捨て去るのではなくて、
向き合い、
許容する私だ。
そんなものを、
受け止められる私なのだ。

私自身が素直で、
自然で、
ありのままであることが
大切なのだ。

どんな美味しいアイスコーヒーも、
コーヒーが美味しくないと
その氷も無駄になるように、
大切なのは私。
私の心持ち、
私の丁寧さ、
そんなものなのだ。

誰も知らない

その答えは、誰も知らない。
私の行き先、
私のゴール、
その答えは、誰も知らない。
その答えは、誰も教えてくれない。

私の喜び、
私のむなしさ、
私の怒り、
私の光、
誰も知らない、
たぶん、それは、
私だけのものだから、
私が見出すものだから、
私が摑《つか》み取るものだから、
私が捧げるものだから、
だから、たぶん、
誰も知らない、
知るよしもない。
私が私を彩ることさえ、
今はできていないのだから、
私も、
私の私なのに、
私さえ分からない、
分からないことだらけ、
そう、
私の私なのに、
分からないことだらけで、
だから、
誰も分かるはずがないのだ。

ただ今は、

ぼんやりと見える景色、
薄《う》っすらと見える月明かり、
そんなものに向かって、
足を前に、横に、斜めに……
そんなことしかできない、
そして、そんな自分を慰めて、
そして時に、
一気に駆け抜けたり、
一気に吸い込んだり、
一気に吐き出したり、
一気に止まったり、
一気に固まったり、
一気に溶けたり……
でも、
分からない、
分からない、
ずっと分からない……

だけど、
それでも感じることは、
強く生きたい、
強くありたい、
誰のものでもない私になりたい、
どんな世界でも私らしくいたい、
そう、
私は、私しかいない、
私は私のもの、
私自身のものなのだ。

今は、
不安や怯え、
苦悩や悔しさ、
むなしさや怒り、
それらがずっと側にいるけれど、

それらが私の友、
私だけがはっきりと知る、
誰も知ることのない、
明確な戦友なのだ。

夜行バス

東京へよく行く。
そんな時は決まって夜行バスを使う。
夜行バスはしんどいけれど、
乗って目覚めれば目的地。
座席の良しあしや、
両隣、前後の客によって、
疲れは変わるけれど、
でも、一夜をバスで過ごすのだから、
できるだけ大きな心で過ごしたい。

夜行バスは遠方へ行くのに
最も安い交通手段の一つだ。
できるなら、飛行機や新幹線でツーンと
目的地へ行きたい。
でも、高いお金を払うのは厳しいから、

たぶん、そんな人たちは夜行バスを使う。
だからか、
夜行バスを使う人は、
なんだか似た生活状況なのかなと、
少し親近感がわく。
夜行バスは、たぶん、
飛行機や新幹線よりも多くの事情を
背負った人を乗せているはず。
そんな人たちが一夜をバスで過ごす。
夜行バスは少しの休憩だけを挟んで、
目的地に私たちを運ぶのだ。

夜行バスは、他人との距離を
狭めたりする。
リクライニングをする時にかける一言、
座席の操作が分からない時に一声、
同じ出発地、そして同じ目的地に

行くのだから、
目的が同じ場合も多々あるはず。
見知らぬ人でも、
少し話しやすい雰囲気がある。
思わず良い仲になる人もいるはず。
夜行バスは、ドラマが多いはず。
みなが一夜を、共に過ごすのだから。

夜行バスは、
もちろん夜に移動するから夜行バスだ。
でも到着するのは朝。
だから、「朝着バス」でもいいはず。
でも、「朝着バス」は少し軽い。
「夜行」という言葉に、
過ごす時間の長さと深さを感じるから、
「朝着バス」は、やはり軽いのだ。

私は夜行バスをよく使う。
13時間ほどかけて東京へ行く。
飛行機や新幹線ならツーンと
行けるかもしれないけれど、
私は夜行バスが好きだ。
夜行バスは目的地までの遠さを
教えてくれる。
この身に染み入る距離感こそ、
愛しいもの。
時間ももちろん有効に使いたい。
でも距離感を、
身をもって感じることも、
同じくらい大切なはずなのだ。

私は夜行バスをよく使う。
いろんな事情を抱えた人を
バスは目的地へと運ぶ。

わずかな休憩だけを挟んで、
みなを目的地へと運ぶ。
朝と同時に迎える目的地。
いろんな事情を背負った人たちが、
そこを出発点として、またどこかへと
向かう。

一夜を共にした人たちが、
別れを告げず、
後頭部のペシャンコな髪も直さぬまま、
目的地へと、
確実に、向かうのだ。

孤独

「孤独だな」
ふと、そう思い、
言葉にしてみたら、
目の前に孤独がやってきた。
私は孤独だ。
そう、孤独と感じたのだ。

それは、友達がいないだとか、
周囲から見放されているだとか、
そんなことによる孤独ではなくて、
理解されないもの、
そう、「理解されないものとしての私」。
「分かち合える人がいない」という孤独。
そう、
そんな少し高飛車で、

でも混沌と渦巻いて、
私をふわふわさせるような、
そんな孤独なのだ。

それは痛さよりも、
寂しさや自分への疑心や不安、
そんなものを招待してくる。
望んでもいないのに、
そんなものたちで私を、
周囲や基盤から、
浮かしたり、
ずらしたり、
剥がしたり、
漂わせたり……。
「はまらないものとしての私」
そんな私を作り、
そんな私だと教え、

そんな私で良いのだとは言ってくれず、
ただ、「そんな私だ」を突き付けて、
また消えていく。
そして、私は、
孤独すらも友達にできないまま、
「孤独だ」と今も呟くのだ。

でも、
ふとした時に感じたのだ。
「私は孤独」ではなくて、正確には、
「私が孤独」なのだと。
私のこの孤独は、
誰かによって定義されたものではなくて、
私の突き進む道、
私が歩みたい道を必死に無我夢中で
歩んだ結果、私が孤独で、
孤独という衣をまとい、
歩むようになったのであって、
私が消化できないこの孤独は、
たぶん、私そのものなのだ。

友達によってとか、
そんな外部のものではなくて、
私が突き進んだ結果、
散らばって、合体して、織りなされた
結果できた孤独であって、
私は自ら編んだ「孤独」という衣を、
ずっとまとっていたのだ。

そんな私は、
自ら作り出したこの衣をまとって、
今日も周囲と接している。
それが在るがままの姿だから、
自分を相変わらずふわふわさせてしまう

けれど、私はこの衣なしでは外も歩けず、
答えのある岬すら見えない、
今はそんな気持ちなのだ。

私は今日も変わらず、
「理解されないものとしての私」
として、
一人歩きをしている。
時にその状態は、
私を不安や葛藤へと追い込むけれど、
それでも一人歩きを許容するのは、
たぶん、岬が見えなくなること、
見失うこと、
それが何よりも怖いからだ。

そこにあるだろう私だけのゴール、
私だからこそ見られるだろう景色、
そんなものを失いたくない、
安易に得た温もりで自身を保温し、
小さな雪の欠片となって
いずれ消え去るのならば、
不器用でも
衣を肌にぴったりとくっつけて、
一人歩きを続けたい、
今は、そう強く思うのだ。

だから正確に言うと、
孤独な私が、
自分だけの岬に焦がれて、
衣の袖を強く握って、
今日も生きている。
孤独よりも怖い、
「負ける」に、抗いながらだ。

ハエ

ハエを、皆は、ほぼ嫌いだ。
まず、ムシを嫌いな人が多い。
それでも、
カブトムシやチョウならば、
少しは人間界のお仲間にしてもらえる
けれど、
ハエやゴキブリは、
今後数百年が経っても、
立場は変わることがないと思う。
それくらい、
ほぼ皆が、嫌いだ。

ハエは、
名前がなんとなく、良くない。
「ハエ」
やはりなんとなく、おかしい。
少し調べれば、
ハエはカと同じ仲間だと分かる。
このカも嫌われものだ。
やはり、このお仲間も、
名前がなんかよくない。
カブトムシやクワガタ、トンボ、チョウ。
好まれているものは、やはり名前がいい。
カ、ゴキブリ、ガ……
ほら、
やっぱり、名前がなんとなく良くない。
ダニ、サソリ、ムカデ……
どれもやっぱり
名前がよろしくない気がする。
でも、こんな中では、
「ハエ」という名は少〜しだけ、
愛嬌があるようにも感じられる。

比較対象で物事の印象は変わる、
そんな好例なのかもしれない。

ハエ。
どこからか入ってくる。
ハエ。
毛でいっぱい覆われている。
ハエ。
かなり速く飛ぶ。
ハエ。
割り箸で捕まった、あの有名なシーンは
嘘だ。
ハエ。
映画で旋風を巻き起こしたことがある。
ハエ。
寄生性のものもいるらしい。
そんなドギツイのを好きにはなれない

けれど、
でも、
少し調べて、学べば、
許せるかもしれない。

ハエ。
花にくるのも多い。
ハエ。
どっかの国に棲むという、
嚙んで寄生虫を侵入させて、
一生眠らせて
人を死に追いやるようなやつは稀。
ハエ。
どこから侵入しているのか
皆目見当もつかない小さなやつは、
遺伝の研究で不可欠。
ハエ。

動物界ではどうやら飛翔力トップクラス。
ハエ。
幼虫を使った化膿部の治療法があるとか。
ハエ。
全人類の身近に、いつもいる。
……
ハエ。
私。
同じ地球、
同じ日本、
同じ県の、
同じ時間の、
同じ部屋の、
同じ一坪の区画で、
とりあえず
自分らしく生きようとしているだけかも。

ハエと私。
私とハエ。
いつも身近にいらっしゃる。
でも、
自分らしく生きる基準では、
ハエの方がずっと先輩で、
1億年以上前から
ハエはずっと偽りのないハエで、
こんな私は、
とやかくハエに物申す権利などないのだ。
名前が良くないなど、
言ってはいけないのだ。

この小さな共同生活者からの学びを、
大切にしていこうじゃないか。

お疲れ「様」

「お疲れ様」
ふと、不思議な言葉だな……
そう、感じた。
「お疲れ様」
何か、
どんな時でも心を和ませてくれる、
終わりを優しく告げる、
その間の苦労を尊重し労う、
キレイで素敵な言葉、
そんな気がしたのだ。

「お疲れ様」
「様」を付けるのが良い。
「お疲れ」でも良いけれど、
「お疲れ」に「様」を付けることで、
「お疲れ様」という神様が
宿っているような感じ。
「お疲れ」の格が昇格して、
合格して、
神レベルに達して出来上がり、
認められ、
人々に使われるようになったような
不思議な言葉、
それが、「お疲れ様」

神様が宿ってできた言葉だとしても、
だからと言って、
崇《あが》めるとか、
公的な場でしか使えないとかじゃなくて、
誰もが気軽に使える、
丁寧で、美しい、素敵な言葉。

相手への尊重や思いやり、
応援や激励みたいなものを含みながら、
物事や時間の区切りまでも
与えてくれる、
「お疲れ様」
皆の口から気軽に出る神様、
そう、
それが「お疲れ様」なのだ。

「お疲れ様」
声を大にして言わなくても届く言葉。
相手を優しく包み込み、
無理強いもしない柔らかでリズミカルな
言葉。

「お疲れ様」
言い合えた時に、

何か絆が芽生えたり、
深まったり、
心が重なり合えたような、
そんな幸福感で満たされるような言葉。

「お疲れ様」
その言葉を意識すると、
明確に誰にどう伝えたいか
イメージしやすい言葉。

「お疲れ様」
「本当にお疲れ様」

これからもよろしく、だとか、
これからも頑張ろうね、だとか、
ありがとう、
みたいな素敵な言葉と結びつきやすい

言葉。
本当に良い言葉だ。

「お疲れ様」
これからもずっと大切にしたい、
一緒にいてほしい、
皆の神様だ。

寂しさ

大切な人を送った。
その見送った帰り道、
一人、電車に揺られて、
帰路につく、
離れていく距離と比例して、
抜け殻のようになっていく私、
そしてその抜け殻の、
深い部分の一点から、
何か、
すごい勢いで何かが湧き出てくる、
そして、
あっという間に、
「抜け殻な私」を満たしていく、
凄い勢いで満たして、
どんどん外へと溢れ出ていく、

景色を曇らせて、
時間を濁らせて、
空間を濡らしても、
どうすることもできない私、

私の中から、
「何か」が、
止めどなく溢れでていく。

私は、溺れる。
どんな抵抗をする気力もない私は、
あがき、
もがくこともせずに、
ただただ敗北宣言をして、
そのまま溺れる。

何十キロという錘《おもり》を自ら足し続けて、

深淵へと落ちていく、
そして、あの一点、
溢れるものの源泉へと辿り着く。

辿り着いて、
頭と皮膚で理解していたことが、
もっと鮮明に感じ取れる、
この私の全てを覆い尽くすもの、
私を溺れさせて、
時空を歪めて、
今にも溺死させようとしているもの、
それを私は、
明確に定義できる。
「寂しさ」だと。

ただただもっと一緒にいたい、
離れたくない、

ずっとあんな時間が続けばいい、
そんな気持ちに抗い、断ち切ろうとする
ことで、
深淵を通る管が爆発して、
そこから一気に溢れ出た気持ち、
私の全てを覆い尽くし、
暗雲で覆ったもの、
それこそが、
「寂しさ」なのだ。

ただ、
こんなにも大きな津波のように、
暴風雨のように、
寂しさに絡めとられて、
溺れて、
身動きがとれなくなって、
苦しい気持ちになるなんて、

考えもしなかった、
想像すらしなかった。
自分の中で何かが芽生え、
育ち、
生きていたなんて、
知らなかった。

別れたから、
離れたから、
去る光景を一生懸命に焼き付けたから、
気付いたのだ。
管が破裂して、断絶したから、
出会えたし、私にも在ると気付けたのだ。
それは、
この寂しさ、
この愛しい寂しさ、
かけがえのない寂しさ、

そう、
それは今まで感じたことのない、
幸せな寂しさ、
乖離《かいり》とは定義させず、
物理的な距離をも捻《ね》じ曲げる、
「温かい寂しさ」
そんな寂しさがあるのだと。

そして、
その寂しさが、
私に教えてくれる。
純粋に、
単純に、
私が今、
切実に思い、願うこと。

それは、

「会いたい」
ただ、会いたい、
早く会いたい、
何をするでもなく、
会いたい。
声を大にして、
叫びたいくらい、
「会いたい」と。

この「温かい寂しさ」から、
「再会」という希望の星が生まれる。
私は深淵からそれを見上げて、
迷いなく一気に浮上する。
それでも電車は、
私をさらにさらに遠くへと運んでいく。
だけど、
私の心は「寂しさ」をコンパスの針にして、
確かに大切な人を探す。
針が指示するままに、
手にした携帯に保存された写真を開き、
大切な人を呼び戻す。
固定された眩《まばゆ》い過去が、
太陽の日差しや、
月明かりのようになって、
私を優しく、
強く、
乾かし導いてくれる。

そして、
カラッと乾いた私は想い描く。

固定された過去と、
今の私の、
この「間」を埋め合わせてくれている、

この愛しい寂しさ、
温かい寂しさを授けてくれた大切な人へ、
「心からありがとう」とだ。

「再会」という星を見つめて願う。
また会う日まで、
また、きっと必ず、
また会う日まで、
元気でいてください。

ランタナ

以前、
知人がメールで、
花の写メを送ってきて、
この花は何かと聞いてきた。
私は花のことはよく分からないから、
母に尋ねると、
母はすぐに答えてくれた。
この花の名は、「ランタナ」だと。

そう教えてもらってから、
私は知人にすかさず返信した。
この花の名は、「ランタナ」だと。
すると少しして、
返事が返ってきた。
「ランタナ」の花言葉は、「協力」だと。

小さな花が集まって、
一つのキレイな花を作るから、
ランタナの花言葉は、
「協力」だと教えてくれた。
何かその時に、
大切なものを思い出したような気がした。

「協力」

そんなに珍しい言葉ではないけれど、
どれだけ実現しているのか、
全く分からない言葉、
それが「協力」だ。

幼い頃から、
「協力し合って……」
と言い聞かされてきた。

たぶん、それでうまくいったことも
多々あった。
でも、
今の自分を振り返ってみて、
ふと、
ランタナの写メを見て、
自信がなくなってきた。

「協力」

改めて考えれば考えるほどに、
よく、分からないような気がする。

私は誰とどれだけ協力しているんだろ？
誰がこんな私に協力してくれるんだろ？
いえ、
私はそもそも

協力を求めているんだろうか？

誰にもあまり頼りたくないと思って
生きてきた。
可能な限り、
自分で全ての問題を解決したいと思って
生きてきた。
そんな私だから、
協力なんて、
心から求めたことがあったのか、
それすらも、全く分からない。
誰かに求められたのかすらも、
全く分からない。

まだそれほど大きな壁にぶち当たって
こなかったから、
いいえ、

協力を協力だと思えなかったから、
そんなものの嬉しさやありがたさを感じなかったから、
私は、
大人になったのに、
実のところ協力が、
分かっていないのかもしれない。

小さな花が集まってキレイな花を作るランタナの花、
その花言葉が、「協力」だ。

漢字だけ見ると、
力が三つ合わさっていて、
さらに「力」とくっついている。

だからたぶん、力を合わせることが大切なのだ。
たぶん、何か大きなことのために、
自分だけではできない大きなものに挑み、
勝つために、
前に進むために、
協力する必要があるのだ。

これまではそんなこと考えもしなかった。
考えても、ただ考えていただけだった。
でも、これを機に、
少し考え直してもいいのかもしれない。

協力することの、
その意味、
その目的、
その力、
そして、その素晴らしさを、だ。

弱みを他人に見せるとかじゃなくて、
自分が解決しないといけない何かを
丸投げするんじゃなくて、
もっと丁寧に摑みとるために、
もっと、意味あるものを知るために、
勇気を出して、
まずは「協力」と協力していきたいと
思う。

私の力なんてちっぽけだけれど、
頑張ってみたいと思う。
最初から上手くはいかないだろうけど、
協力してみたいと、そう思う。

また、知人からメールがきた。

一言、
「これからランタナしていきましょう！」

少し馬鹿じゃないって思いながらも、
今でもその言葉が私の心に染みついて
いる。

ランタナしていきましょう。

悪い事なんて一つも感じさせない、
キレイで素敵な、言葉だ。
明るくて、楽しい、力だ。
今度はぜひ、
私から、言いたい、
少しの恥ずかしさや勇気を含みながら、

「ランタナしていきましょう！」

サイダー

サイダー。
この飲み物の魅力は一言では
語りつくせない。
一見透明で、
味付けとか見た目ではよく分からない
けれど、
一口飲むと、
そこからぱっと広がる甘い味と、
少ししびれるあの炭酸の感じ、
そう、サイダー、
私はサイダーが大好きだ。
よく、仕事から帰ってきて、
一杯なんて時には、
ビールとか、お酒を飲むという
イメージがあるけれど、
私はなぜかサイダー、
サイダーが無性に飲みたくなる。
透明で、
すっきりしていて、
清涼感のある、
サイダーが飲みたくなるのだ。
よく、そんなことを友達に言うと、
子どもだな～とか、
お酒の楽しみを分かってないな～とか、
節約しすぎでしょ？　とか、
いろいろ言われるけれど、
サイダーは子どもが飲むものなどと、
誰も決めてはいない。
サイダーを作った人も
そうは思っていないはず。

広く愛された結果、
サイダーは今もこの地球上に
存在しているのだ。

リンネとか、
モディリアーニとか、
マルジェラとか、
マイケル・ジャクソンとか、
いろんな偉人がいて、
いろんな傑作を残してきたけれど、
サイダーもこれから永遠に不滅のはずで、
百年後もみんなに好かれているはずで、
いや、
もっと多くの人に飲まれているはずで、
そう考えると、
サイダーは本当にすごい飲み物で、
仕事帰りの、
帰宅時にまず飲むサイダーの一杯は、
実はすごいひと時なのかもしれない。

私はサイダーが大好きだ。
以前、炭酸系の他の飲み物も試してみた
けれど、
やっぱり駄目だった。
サイダーじゃなければ駄目なのだ。
見た目に清涼感があって、
甘すぎず、
炭酸がきつすぎず、
コップ一杯で、
一日の疲れを癒やしてくれる、
私にとってサイダーの代えはいないのだ。

サイダー。
君は本当に素晴らしい飲み物だ。

年をとるにつれて、
帰宅時の一杯にはアルコール飲料が
つきものだけれど、
私には片手にコップ一杯のサイダー、
これでいい、
これで十分、
これが、私の、幸せなのだ。

私から、私の「私」へ

この世界は、
美しい、
楽しい、
素晴らしい、
綺麗、
愛しい、
怖い、
厳しい、
切ない、
温かい、
むなしい、
悲しい、
激しい、
痛い、
辛い、
酷い、
醜い、
明るい、
暗い、
小さい、
広い、
多い、
少ない、
眩しい、
果てしない、

そう、
この世界は、
そんな言葉で溢れている。
私の知る限りの言葉だけで
埋め尽くされていないはずなのに、
もう世界は、

私から溢れ、こぼれている。
そんな私の知る世界で、
私が心から愛でたいと思うもの、
私が繋がりたいと強く願うもの、
それは、
私の私から出た「私」、
そう、
その「私」なのだ。

私を取り巻く世界、
私を覆いつくす世界、
私を埋め尽くす世界、
私を想う世界、
私を知らない世界、
私が知らない世界、
私だけが知る世界、
私だけが知らない世界、

私が死ぬまで行けそうにない世界、
私が必ず行きたい世界、
私が決して離れたくない世界、

私の描く世界は様々だけれど、
私がいつも常に大切にしたいもの、
忘れたくないもの、
上書きしたくないもの、
離れてほしくないもの、
偽りたくないもの、
そう、
それは、
私の私から出た「私」、
その「私」なのだ。

その「私」は、
世界の一部と、

世界の破片と、
世界の際と、
出会い、
触れ合い、
繋がり合い、
擦れ合い、
ぶつかり合い、
かき消し合い、
押し寄せては引き返す波のように、
漂い、
さまよい、
包み込まれ、
形を成して、
また、私へと返ってくる。
そして、私は、
そんな「私」を受け止めて、
その「私」だけを通して今の「生」を感じ、

捉え、
理解し、
納得して、
今や今日もこれからも、
つま先の親指から前へと進んでいく。

そして、
私の私から出た「私」が絡み合った
ものの数や、
空間や、
時間、
そんなものの分だけ、
また少し先の「私」へと近づいていく。
そして、
通り過ぎる風にだけ、
ほんの一瞬だけ「私」をさらけ出して、
まだまだ未熟な私は少しだけ増えた

世界を愛でながら、
こう呟くのだ。

「この世界は、美しい」

私もそうありたいという、

「私」の願いを込めてだ。

砂粒

ふと、
私の体は「砂粒」でできている、
そう感じた。
そう、
私の体は砂粒の集合体、
小さな無数の砂粒が集まってできた塊、
そう感じたのだ。

砂粒。
それはどこにでもあって、
それをまじまじと見たり、眺めたり、
顕微鏡で覗いてみたりしたことも
ほとんどないけれど、
私が私の体を想う時、
ふと、砂粒でできているなと、
感じられたのだ。

この体は、
大きくみれば一つで、
「私」という塊が、
歩き、
走り、
立ち止まり、
話し、
座り込み、
今も動いている。
でもふと、
「砂粒だな」と感じた時に、
私の体は、
漂い、
流れ、
滞り、

循環し、
さまよい、
消えたり、
構築されたり、
離脱したり、
融合したり……
そんなことを繰り返しながら、
「塊」としてそこに「在る」んじゃなくて、
「現象」としてそこに「生きる」んだなと、
強く深く感じる。

塊の私なら気付かず感じられなかった
ことが、
私が「砂粒のようなものからなる現象」と
感じられた時、
微細なものに気付き、
感じるようになった。

そんな気がするのだ。

手先から、
少しずつ私の一部が風化して、
消えゆくような感じ、
雨粒が当たって陥没して、
溶けて地へと落ちる感じ、
時にすごく固まって、
強固に再構築されていく感じ、
時に熱を宿し膨らんで、
時に凍り付いてつるつるになって、
時に巣穴として利用されたり、
時にスコップでグサッと刺されて一気に
剥奪されたり、
そんないろんな感じを、
この砂粒という感覚を研ぎ澄ますことで
感じることができる。

知ることができる。

そして、ふと、
気付いたことがある。
それは、
その粒一つ一つが、
温かさや悔しさ、
憎悪や嫉妬心、
幸福感や絶望感、
不安や葛藤、
笑いや涙、
いろんなものから彩られていて、
その一つ一つが私を満たし、
私を構築してくれていると、
強く感じたのだ。

その私を成す無数で無尽蔵の粒が、

昨日も、今日も、今も彩られ、
それらが隣り合って、
重なりあって、
ひしめきあって、
この「私」を作っている。
そして今のこの瞬間も、
離脱したり、
追加されたり、
融合したり、
打ち消し合ったりして、
そんなことを繰り返しながら、
絶え間ない現象としての「私」を維持し、
私を「在るもの」として、
この世の一瞬一瞬に鮮やかに定着させて
くれている。

だからこんな私ができること、

それはただ、
この粒たちをできるだけ感じ、
それらを愛でて、
今日もせっせと補い、
時に温かい光で彩り、
時に冷たい雨を浸み込ませ、
揺さぶる全てのものに感謝の気持ちと、
純粋な良心で応え、
繋がること、
そう強く思うのだ。

そして、
私という砂粒が、
私だけの由来ではないという自覚を
できるだけ多くの粒たちに浸み込ませて、
少し傲慢で、
身勝手かもしれないけれど、

それを勝手に幸せと感受しながら、
「ありがとう」という粒、
その粒を今日も全身から密かに、
自分から誰かへという願いを込めて、
できるだけ綺麗なままで、
脱出ポッドのようなものに乗せて、
離脱させていきたいと思う。

誰かの幸せや喜び、
笑顔や満足、
成功や尊さ、
美しい人生を、
心から願ってだ。

イノリ

ある日、
いつもの歩道を歩きながら、ふと感じた、
物事を捉えるこの私の瞳、
その瞳は風を捉えることはできないけれど、
そっと瞼を閉じてみる。
大切な人を想い、
そっと瞼を閉じて、
この世界の、
ありとあらゆるものから断絶されて、
暗闇を感じて、
「大切な人」と、「私」だけを照らす。
その時、
シャッターのようにしまった瞼は、
確実にその表面で風を捉えて、
小さな入り口になる。

その瞬間、
風が私の体の中へと入ってくる。
大切な人と、微かな私だけを、
そっと、一緒に包み込んでくれる。
そして、
私は、
イノル。

私は、イノル。

ただ、それだけしかできない、
真に大切な人のために、
何かをしたいと願えば願うほど、
自分がだんだん小さくなっていって、
何もできない私、
消えてなくなりそうな私、
イノリへの想いが強ければ強いほど、

自分が小さく小さく感じられる、
そんな微かな私は、
それでも、
ただ、強く、
ただ、一心に、
イノル。

大切な人の表情や声、
影や未来を思い浮かべて、
ただ、ただ、勝手にイノル。

できるだけ「私」をかき消した、
純粋なイノリだけが、
光や風や土に染み込んで、
大切な人へとそっと優しく届くように、
イノル。
「私」のいない、

私の「イノリ」が届くことを、
ただ、強く、
ただ、一心に、
イノルのだ。

そしてイノリの強さと反比例して、
無くなりそうな私は、
身勝手な自己満足と、
感謝の気持ちで満たされながら、
イノリに命が移るのを感じ、
微かな不安や寂しさを押し殺して、
消え去る、
ただ、大切な人のために、
純粋にできることは、
私にはそれしかない、
それ以上のことはしてはいけない、
そう自分に言い聞かせながら、

瞼を強く強く閉じて、
ただ、
イノルのだ。

私の中で飛び立ちたい風が、
瞼を開けることで、
体中から一気に抜け出して、
私のイノリを持ち去って、
私から、光の中へと消え去っていく。

同時に消えて無くなりそうな私は、
必死に肌と爪を繋ぎ合わせて、
心と体が解《ほど》けて、
バラバラにならないように、
ぐっとこらえる。

そして、

そんな私は、
ただこう強く自分のためにイノルのだ。

誰かのためにイノルことのできる幸せ、
大切な人を想い描ける幸せ、
こんな私でも、
ずっとそんな幸せを感じたい、
感じ続けたい、
イノリ続けさせてほしいとだ。

そして、
今日も私は、イノル。

真に大切な人のために、
私ができることは、
それくらいしかないのだ。

彼方から、あなたへ

あなたは今日も、
あなたさえも分からない、
彼方へと歩む。
その彼方が不明瞭で、
くっきりと見えない彼方だとしても、
あなたは今日も、
彼方へと歩む。

その彼方への道のりは、
険しく、
無表情で、
不確実なものばかりだけれど、
あなたは今日も、
彼方へと進む。
彼方への歩みを、

今も止めないのだ。
そんなあなたを見て、思う。
はっきりと私は思うのだ。

あなたが彼方へと向かう道は、
彼方もあなたへと向かう道、
彼方からあなたへと、歩み寄ること。
そんな美しい彼方からの歩みが、
この瞬間も絶え間なく続くことを、
そしてあなたのその歩みが、
温かく明るい道のりであり続けることを、
私は心から祈り、
願うのだ。

小さな私の、
精一杯の願いよ、

彼方へ。

あなたは今日も、
あなただけの彼方へ。
そして彼方からは、
大切なあなたへ。

今日もその距離は、
想いの強さだけ、
願いの数だけ、
縮まっていく。
彼方から、あなたへと。

終わりに

「あなたと私」

あなたは、
あなたしか、いない、
私が、私しかいないように、
あなたは、
あなたしか、いない。

あなた自身は、あなたを見つめ、
私自身は、私を見つめている。
でも、
時に、
そのあなたと、
この私が、
「本」という限られたお皿で、

ふと出会い、
ふと感じ、
ふと香り、
ふと漂い……

そこに溜まったスープの中で、
今だけは共に、

呼吸をして、
耳を澄まして、
目を凝らして、
響き合い、
笑い合い、
沈黙し合い、
隔たり合い、
驚き合い、

つぶやき合い、
混じり合っていく。

あなたは、あなただけのもの。
私は、私だけのもの。
そんな、あなたと私が、
今だけは共に、
このスープの、
温もりと栄養を、
分かち合っている。

もし、
もしも、
そうならば、

幸せで、
幸せで、

幸せ過ぎて、
私は、
謙虚さと内省を体中に刻み込みながら、
これを「喜び」として、
自身の心に、
大胆に届けたいと思う。

あなたは、
あなたのものだと知りながら、
尊敬と感謝を込めて、
身勝手な私は、
あなたを、
私の大切な「薪」として、
感じたいと思う。

そして、
いつの日か、

あなたにしかいない「あなた」との
再会を、
私の「私」は、
心から楽しみにしたいと思う。
そして、
互いのスープをつつきあいながら、
ああだこうだと、言えたなら、
素敵だなと、
思うのだ。

あとがき

私はいつからか、自分の中にもう一人の「私」がいることを認めるようになりました。

それは一般的によく言われる「善悪を囁《ささや》く天使と悪魔」のような存在ではなくて、「明確な理想像を宿した別の人格の私」のようなものです。

この作品は、そんな「私」と同居する私が、日々の生活の中でふとした瞬間に感じ、自由に思案した様々なことを文章にした随想集です。

書き始めた頃は、誰かに読んでほしいなどということではなく、自分の中に在るもう一人の「私」が感じ取ったものを、文字の連なりで「姿」として形成していくことで、「互い」の対話を楽しみ、時に自分を癒やしたり、新たに気付いたり、窮地から逃避したりする目的で書いていました。しかし、書き始めてから15年ほどの月日が流れ、今ではこの「互いの私」こそが「真の私」なのだと自認して生活をし、様々なことを共有しあって生きています。

そしてこの度、このような背景を持った随想集が、「本」という形になりました。

当初は、本にすることへの迷いや不安もありましたが、これまで「姿」にしてきた「私」との再会を久しぶりに繰り返す過程で、私という一人部屋に囚《とら》われ続けている「私」に、この広い世界へ出て旅をしてほしい、独立して歩んでほしいと願うようになりました。

文芸社様には、その大きな契機となる「窓」と「扉」を与えていただき、道筋と歩き方をご教授いただきました。心より感謝申し上げます。

私は、これから一人歩きを始める「私」の背中を温かく見守りながら、一人の読者様との出会いを大きな幸せと感じ、この世界の美しさを学んでもらえれば嬉しく思います。そして、私も負けずに、私の歩みをより明確にしながら、旅を謳歌した「私」との再会を楽しみにしたいと思います。

そしてまた、私と、私の「私」とが、共鳴し合いながら、ポジティブに漂い、歩んでいければと思います。

最後に、ご尽力くださった全ての方々と、著書を手に取ってくださった読者様に心よりお礼申し上げます。

著者プロフィール

鬼束 アンナ（おにつか あんな）

—私—
1982年、和歌山県生まれ。
生物の研究で博士号を取得後、現在は教育関連の仕事に就く。
趣味は、自然観察、読書や映画鑑賞、博物館巡り。

—「私」—
趣味は、ファッション、指輪などのアクセサリー収集、美術作品や舞踊鑑賞、カフェやフレンチレストラン巡り。

私の「私」

2024年10月15日　初版第1刷発行

著　者　鬼束 アンナ
発行者　瓜谷 綱延
発行所　株式会社文芸社
〒160-0022　東京都新宿区新宿1－10－1
電話　03-5369-3060（代表）
03-5369-2299（販売）

印刷所　株式会社フクイン

ISBN978-4-286-25818-8